# Le bon et la brute

WITHDRAWN
from Toronto Public Library

D1249266

WITHDRAWN
from Toronto Public Library

# Le bon et la brute

**Nancy Wilcox Richards**

**Illustrations de**
**David Sourwine**

**Texte français de Marie-Josée Brière**

*Éditions*
**SCHOLASTIC**

Catalogage avant publication de Bibliothèque et Archives Canada

Richards, Nancy Wilcox, 1958-
[How to outplay a bully. Français]
Le bon et la brute / Nancy Wilcox Richards;
illustrations de David Sourwine;
texte français de Marie-Josée Brière.

Traduction de : How to outplay a bully.
Public cible : Pour les 8-12 ans.
ISBN 978-0-545-99384-5

1. Intimidation--Romans, nouvelles, etc. pour la jeunesse.  I. Sourwine, David
II. Brière, Marie-Josée  III. Titre.  IV. Titre: How to outplay a bully.  Français.

PS8585.I184H69314 2008        jC813'.54        C2008-903075-3

Copyright © Nancy Wilcox Richards, 2008, pour le texte.
Copyright © Scholastic Canada Ltd., 2008, pour les illustrations.
Copyright © Éditions Scholastic, 2008, pour le texte français.
Tous droits réservés.

Il est interdit de reproduire, d'enregistrer ou de diffuser, en tout ou en partie,
le présent ouvrage par quelque procédé que ce soit, électronique, mécanique,
photographique, sonore, magnétique ou autre, sans avoir obtenu au préalable
l'autorisation écrite de l'éditeur. Pour la photocopie ou autre moyen de
reprographie, on doit obtenir un permis auprès d'Access Copyright,
Canadian Copyright Licensing Agency, 1, rue Yonge, bureau 800,
Toronto (Ontario) M5E 1E1 (téléphone : 1-800-893-5777).

Édition publiée par les Éditions Scholastic,
604, rue King Ouest, Toronto (Ontario) M5V 1E1.

5  4  3  2  1     Imprimé au Canada     08  09  10  11  12

*Pour Jamie, qui n'est plus entraîneur,*
*mais qui est toujours fou de hockey,*
*et pour tous les parents qui jouent de la trompette*
*ou de la clochette à vache*
*pour encourager leurs enfants.*

*— N. W. R.*

L'auteure remercie Bob MacMillan
pour son aide et son soutien.

# Chapitre 1

Je m'appelle Thomas. Thomas Dubois. Et je commence demain à jouer au hockey avec les Braves de Bélair. Je suis super content! Il y a beaucoup de mes amis dans l'équipe. Julien, Mathieu et Nicolas jouent avec les Braves depuis quelques années déjà.

Il y a aussi Aaron, qui m'a supplié de me joindre à eux :

– Allez! S'il te plaît! S'il te plaît! S'il te plaaaaît! On s'amuse bien. Et puis, je suis sûr que tu vas être excellent, a-t-il dit en sautillant sur place.

Alors, demain, c'est mon premier entraînement. Je n'en peux plus d'attendre.

Ma mère est très contente elle aussi que je fasse partie de l'équipe. Mais il n'en a pas toujours été ainsi. Ça coûte cher de jouer au hockey. Très cher. Et elle n'avait pas assez d'argent. Mais l'an dernier, un monsieur appelé Bobby a acheté la maison à côté de la nôtre. Quand il a vu l'étang gelé, derrière chez nous, il a dit à ma mère que ce serait l'endroit idéal pour que j'apprenne à jouer. Il a même offert de me montrer comment.

Bobby adore patiner et regarder le hockey à la télé. Je ne sais pas comment il a fait, mais il a convaincu ma mère de m'acheter de l'équipement de hockey. Elle a commencé par dire non. Ça coûte cher, l'équipement de hockey. Alors, il lui a parlé du Vestiaire. C'est un magasin où on vend de l'équipement usagé. C'est-à-dire pas cher. Maintenant, en plus de mes patins, j'ai enfin mon équipement à moi. Et demain, je vais pouvoir m'en servir pour la première fois.

J'ai l'impression que la journée ne finira jamais. Aujourd'hui, c'est vendredi. Le dernier jour d'école de la semaine. J'ai un test d'orthographe, deux pages de maths à faire et – le meilleur moment de la troisième année – un cours d'éducation physique.

– Qu'en penses-tu, Thomas? a demandé ma prof, Mme Martin.

Mme Martin souriait. Elle voyait bien que je n'écoutais pas. Ce n'est pas pour rien qu'elle est la prof préférée de tous les élèves de l'école. Elle ne nous donne jamais de devoirs les fins de semaine et elle a installé une machine à bonbons où on peut aller se servir si on fait bien nos devoirs. Et surtout, elle ne crie jamais. Jamais. Je ne l'ai jamais entendue élever la voix.

Elle a répété sa question.

– Qu'en penses-tu, Thomas?

– Heu… ai-je bégayé. Heu…

J'avais l'impression d'avoir le visage en feu.

Mme Martin est venue à ma rescousse, sans cesser de sourire.

– On parle de la sécurité sur la glace, a-t-elle précisé en me regardant droit dans les yeux. Pourquoi est-ce que c'est une bonne idée d'apporter un bâton de hockey quand on patine sur un lac?

Tous les autres avaient les yeux fixés sur moi : Laurence, Julien, Mathieu, Bibiane, Nicolas...

– C'est au cas où on passerait à travers la glace, ai-je répondu. Ça donne une plus grande portée pour se faire tirer hors de l'eau.

Mme Martin a hoché la tête en signe d'approbation avant de parcourir la pièce du regard.

– Et maintenant, qui peut m'expliquer ce que veut dire le mot « portée »?

Je me suis calé sur ma chaise. J'ai senti que quelqu'un me tapait sur le bras.

– Beau jeu! a murmuré Mathieu.

C'est le gardien de but des Braves de Bélair. Et il adore utiliser des termes de hockey chaque fois qu'il en a l'occasion.

– Mais je sais bien à quoi tu penses, a-t-il ajouté

en souriant.

Je lui ai rendu son sourire tandis que Mme Martin s'éloignait de mon pupitre. J'allais pouvoir chuchoter quelques secondes sans me faire prendre.

– J'ai tellement hâte d'être à demain! ai-je murmuré le plus bas possible. Ça va être super amusant!

– Oui, je sais. On se rencontre à l'aréna. Au vestiaire numéro quatre.

– D'accord, ai-je répondu.

Mme Martin s'est arrêtée juste devant mon pupitre. Elle m'a regardé, l'air de dire : « Si tu n'arrêtes pas de parler, tu vas avoir de gros problèmes! » Alors, j'ai pris un air aussi attentif que possible et je me suis efforcé d'écouter ce qu'elle disait au sujet de la sécurité sur la glace. Mais je n'arrivais pas à penser à autre chose qu'au hockey. J'allais participer demain à ma toute première séance d'entraînement. Avec les Braves de Bélair! Et, même si la saison était déjà entamée, j'étais convaincu que ce serait génial.

# Chapitre 2

Le samedi matin, je me suis levé très tôt. À six heures, j'avais déjà fini de remplir mon sac d'équipement. Alors, je l'ai vidé, puis rempli de nouveau. Je voulais être certain d'avoir tout ce qu'il me fallait. Je me suis même assuré que ma bouteille d'eau était pleine. À sept heures, j'étais assis à la table de la cuisine, les yeux rivés sur l'horloge.

Enfin, ma mère est entrée dans la cuisine en bâillant. Elle m'a regardé, les yeux encore bouffis de sommeil, et elle a bâillé de nouveau.

– Tu t'es levé tôt, Thomas.

– C'est aujourd'hui le grand jour, maman.

– Je sais, a-t-elle répondu en souriant. Les Braves de Bélair t'attendent! a-t-elle ajouté en versant du café dans sa tasse bleue préférée.

– Est-ce qu'on peut y aller tout de suite? ai-je supplié. S'il te plaaaaaît!

Ma mère a éclaté de rire.

– Est-ce que je peux boire mon café d'abord? Et peut-être aussi prendre une douche et m'habiller avant de sortir?

– Ça va te prendre combien de temps? ai-je demandé. Tu peux te dépêcher?

– Prends un bol de céréales, a-t-elle répondu en soupirant. Et donne-moi vingt minutes.

Elle a avalé une bonne gorgée de café. Tandis qu'elle s'éloignait dans le couloir, je l'ai entendue murmurer quelque chose sur l'importance de dormir pour rester « fraîche comme une rose »...

La première chose que j'ai remarquée en entrant dans l'aréna, à part les papillons qui voletaient dans mon estomac, c'est l'odeur. Une odeur de froid et d'humidité, comme dans la cave de mon grand-père.

– Je pense que les vestiaires sont là-bas, a annoncé ma mère en pointant le doigt vers l'autre bout du bâtiment.

J'ai avalé ma salive en hochant la tête.

– Je reviendrai à la fin de l'entraînement,

a-t-elle ajouté, les sourcils froncés. Tu n'as pas besoin d'aide pour attacher tes patins, tu es sûr?

– Certain, ai-je répondu. À plus tard!

Le vestiaire numéro quatre était plein. Des jeunes étaient assis sur les bancs alignés contre le mur. Certains avaient déjà enfilé leur équipement. Mathieu m'a fait signe de la main.

– Hé, Thomas! Je t'ai gardé une place, a-t-il crié en désignant la place vide à côté de lui, sur le banc.

J'ai parcouru la pièce des yeux. Il y avait des garçons que je connaissais, comme Julien et Aaron. Et d'autres que je ne connaissais pas.

J'ai commencé à sortir mes affaires de mon sac.

– C'est qui, eux? ai-je murmuré à Mathieu en levant le menton vers deux costauds assis de l'autre côté du vestiaire.

Mathieu a suivi mon regard.

– C'est Bruno. Et Damien, a-t-il répondu à voix basse. Ils sont...

Mais avant qu'il ait eu le temps de finir sa phrase, un des deux garçons l'a montré du doigt en grommelant.

– Qui est-ce que tu regardes comme ça?

Quelques-uns des joueurs se sont tournés vers Mathieu. Puis vers le garçon qui venait de parler.

– Je t'ai demandé, a répété le costaud en élevant la voix, qui tu regardais comme ça.

– Personne, Bruno, a répondu Mathieu à la hâte. J'indiquais seulement à Thomas les noms de certains des joueurs de l'équipe, a-t-il ajouté en tripotant son protège-tibia.

J'ai jeté un coup d'œil à Bruno, juste à temps pour le voir donner un coup de coude à son ami. Puis, le doigt pointé vers moi, il a dit quelque chose que je n'ai pas entendu. Mais je savais qu'il parlait de moi. En riant.

J'ai regardé mon équipement. J'avais peut-être mis quelque chose à l'envers? Mais non. Tout était à sa place. Tout était même parfait. Les épaulières étaient solides. Les protège-coudes m'allaient comme un gant.

– Ils sont tous les deux méchants et... a murmuré Mathieu le plus discrètement possible.

Il a été interrompu par des rires. Bruno et Damien se donnaient des coups de coude. Bruno m'a montré du doigt en disant d'une voix forte, pour que tout le monde entende :

– Ouache! Regardez donc l'équipement de Thomas!

Le silence s'est fait dans le vestiaire. Tous les

garçons me regardaient. Et puis, tout d'un coup, ils se sont tous trouvé mille choses à faire. Attacher leurs patins... Entourer leur bâton de ruban gommé... Fouiller dans leur sac d'équipement...

J'ai baissé les yeux sur mon équipement neuf – neuf pour moi, du moins.

– Où t'as trouvé ça? Dans la poubelle? a ricané Bruno, l'air méprisant.

– Probablement au magasin d'équipement usagé, a suggéré Damien.

– Pôôôvre p'tit! Il fait pitié, a poursuivi Bruno d'une voix lente.

– Pôôôvre p'tit! a répété Damien en écho.

J'ai regardé Damien. Puis Bruno. Je savais bien que mon équipement n'était pas aussi beau que le leur. Je savais qu'il n'était pas tout neuf. Mais il était quand même solide, et c'était tout ce que ma mère avait pu me payer. J'avais envie de dire : « Je sais lequel d'entre nous fait le plus pitié. C'est toi, Bruno. Et aussi ton copain Damien. » Mais les mots ne voulaient pas sortir de ma bouche. Alors, j'ai plongé la main dans mon sac en faisant semblant de chercher mes gants. Et le silence est retombé dans le vestiaire. On aurait pu entendre une mouche voler.

# Chapitre 3

**O**n s'est dirigés vers la patinoire. Mathieu et moi, on fermait la marche. J'ai pris une grande inspiration. J'allais enfin avoir la chance de jouer au hockey. Toutes les heures que j'avais passées à patiner sur l'étang gelé, avec Bobby, allaient finalement porter leurs fruits. J'en étais sûr. J'ai souri à Mathieu. Il m'a rendu mon sourire, comme pour me demander « Ça va? », avant qu'on aille rejoindre les autres.

Tous les joueurs s'échauffaient et se préparaient pour les exercices qui allaient suivre. Je les ai regardés patiner quelques instants avant de m'élancer à mon tour sur la glace, bien déterminé à m'amuser.

*Boum!* En mettant les pieds sur la patinoire, je me suis retrouvé à plat ventre. J'ai jeté un petit coup d'œil à Bruno et Damien. Évidemment, ils me regardaient, le visage fendu d'un large sourire.

Qu'est-ce qui m'était arrivé? Une patinoire, ce n'était pourtant pas si différent d'un étang gelé, non?

– Hé, Thomas, a dit Aaron en se penchant tout près de moi. Tu as oublié d'enlever tes protège-lames.

J'ai regardé mes pieds et j'ai poussé un grand soupir. Comment avais-je pu être aussi stupide?

– Merci, ai-je marmonné à Aaron.

– Hé, Thomas! Thomas-les-Pieds-Plats! Tu ne sais pas patiner? a beuglé Bruno de l'autre côté de la patinoire.

Alors, maintenant, je m'appelais Thomas-les-Pieds-Plats... Ça commençait mal. Vraiment très mal!

J'ai arraché mes protège-lames et je les ai lancés par-dessus la bande. Je les ramasserais à la fin de l'entraînement. J'ai ensuite fait le tour de la patinoire en observant mes nouveaux coéquipiers. Patiner n'était pas si compliqué... maintenant que je n'avais plus mes protège-lames. Mais certains des étirements étaient difficiles. Et puis, mon casque pesait lourd, et je n'étais pas très à l'aise dans mon équipement. Aaron est passé comme une flèche à côté de moi. Il s'est arrêté un peu plus loin et il est revenu vers moi en patinant à reculons.

– Alors, qu'est-ce que tu en penses? a-t-il demandé. C'est super, hein? Attends un peu qu'on se mette à jouer!

– Ça commence à aller mieux, ai-je répondu en souriant.

J'ai voulu faire demi-tour pour patiner à reculons comme Aaron. Sauf qu'avec tout cet équipement, c'était difficile. J'avais à peine amorcé mon virage que je me suis retrouvé par terre, sur le derrière. Mon bâton m'a échappé des mains et a glissé jusqu'à la bande. Je n'en revenais pas. Je n'avais pourtant jamais eu de mal à changer de direction. C'était sûrement à cause de l'équipement. Je n'avais pas l'habitude, tout simplement. Mais avant que j'aie le temps de me relever, un garçon vêtu du chandail numéro 58 a foncé vers moi. Il patinait à reculons, de plus en plus vite, et ne m'avait pas vu tomber. Alors – b*oum!* – il a atterri en plein sur ma poitrine. Julien est arrivé par derrière et est tombé par-dessus lui. Puis Omar. Et ensuite Ahmed.

J'étais écrasé comme une mouche sous tous ces joueurs. J'étais incapable de respirer. J'avais

l'impression qu'un éléphant était assis sur moi. Tout le monde a fini par se relever, après ce qui m'a semblé une éternité. J'ai inspiré profondément. L'air froid m'a fait du bien. Puis, quelque chose a attiré mon regard, et je me suis retourné vers le centre de la patinoire. Bruno et Damien étaient là, le doigt pointé vers moi. Et ils riaient. Encore.

– Hé, Thomas! Thomas-les-Pieds-Plats! Toi, au moins, tu sais patiner! a crié Bruno.

Pendant que l'écho répétait ses paroles, il tournait en rond sur ses patins en agitant les bras.

– Oh! Oh! Oh! s'est-il écrié d'une drôle de voix haut perchée. Je sais pas patiner! Je vais tomber!

Puis il s'est jeté sur la glace. Il riait tellement qu'il s'est mis à tousser. Damien m'a regardé. Puis il a regardé Bruno en disant quelque chose. Ils se sont mis tous les deux à rire très fort. Je savais bien qu'ils riaient de moi. J'ai baissé la tête.

– Allez, Thomas, a dit Julien pour m'encourager. L'entraîneur nous attend près du filet.

Après quoi, il a ajouté en baissant la voix :

– Faut pas te laisser intimider.

J'ai hoché la tête et je me suis empressé d'aller

rejoindre mes coéquipiers. Quand Bruno et Damien sont arrivés à leur tour, ils riaient toujours – tellement fort que Bruno était incapable d'arrêter de tousser.

L'entraîneur lui a jeté un coup d'œil.

– Repose-toi un peu, Bruno. Va t'asseoir sur le banc en attendant que ta toux cesse.

Bruno s'est dirigé vers le banc en toussant de plus belle.

# Chapitre 4

De retour au vestiaire, j'ai pris une bonne gorgée d'eau. J'avais chaud et j'étais en sueur. J'avais les cheveux collés sur la tête.

– C'était amusant, ai-je dit à Aaron. Du moins, la plupart du temps, ai-je ajouté en jetant un regard de côté vers Bruno et Damien.

Aaron m'a rendu mon sourire.

– Je savais que tu serais excellent.

Notre conversation a été interrompue par l'entraîneur.

– Bon entraînement, les gars. La plupart d'entre vous ont travaillé très fort. Je voudrais seulement vous rappeler une petite chose.

Il a parcouru la pièce du regard pour s'assurer que tous ses joueurs l'écoutaient. Personne ne disait mot. L'entraîneur s'est éclairci la gorge et il a écrit quelque chose sur sa planchette à pince, avec un gros marqueur noir.

– Qu'est-ce qui est écrit? a-t-il demandé en levant la planchette pour que tout le monde puisse voir. Bruno?

Bruno s'est mis à se tortiller sur le banc.

– « Équipe », monsieur. C'est écrit « équipe ».

– Exact. Et comment est-ce que ça s'épelle? a demandé l'entraîneur, les yeux toujours tournés vers Bruno.

– É – Q – U – I – P – E, a répondu Bruno, perplexe. Tout le monde sait ça.

L'entraîneur a fait une petite pause avant de continuer.

– Oui, Bruno, tout le monde sait comment épeler le mot « équipe ».

Puis, il s'est tourné vers les autres joueurs des Braves.

– Il n'y a pas de « m » pour « moi » dans le mot « équipe ». Ça veut dire qu'on travaille tous ensemble. Et qu'on fait des passes.

Il s'est interrompu et a regardé Bruno droit dans les yeux.

– Personne ne peut gagner tout seul, au hockey. Mais, ensemble, les Braves peuvent former… Non, se corrigea-t-il, les Braves forment une équipe du tonnerre. Mais il faut travailler en…

– … *équipe*! ont crié les joueurs en chœur.

L'entraîneur a souri.

– Exactement. Bon, on se revoit mardi, après l'école.

J'ai pris une autre gorgée d'eau et j'ai tourné les yeux vers Bruno. Il semblait furieux. Il lançait ses affaires dans son sac d'équipement. Il s'est interrompu en voyant que je l'observais.

– Qu'est-ce que tu regardes, Thomas-les-Pieds-Plats? a-t-il grommelé, l'air mauvais.

– R… rien, ai-je bégayé, avant de me pencher pour délacer mes patins.

# Chapitre 5

Le lundi suivant, pendant le cours de maths, je pensais encore à ma nouvelle « carrière » avec les Braves de Bélair. Ce n'était pas facile de patiner avec une tonne d'équipement sur le dos, mais je savais que je m'y habituerais. L'entraînement s'était très bien passé. Il n'avait pas été parfait, à cause de Bruno et de Damien, mais presque. Je me voyais déjà en train de marquer mon premier but, quand Mme Martin a interrompu le fil de mes pensées.

– C'est le moment de ranger vos livres de maths, les enfants. On va faire une ronde de « Questions-défis ».

Il y a eu des exclamations de joie. On adore tous ce jeu-là. Les élèves sont divisés en équipes, et ils marquent des points quand ils ont la bonne réponse. À la fin du mois, l'équipe qui a accumulé le plus de points gagne des coupons pour la cafétéria. Et on peut choisir ce qu'on veut parmi les nouveaux plats santé que la cafétéria a mis sur le menu. Je sais bien que c'est simplement une façon de nous encourager à mieux manger. Mais ça ne me dérange pas. C'est de la nourriture gratuite!

– Voici ma première question, a annoncé Mme Martin. C'est dans la catégorie « Histoire ». Comment s'appelle la goélette célèbre qui orne la pièce de dix cents?

Laurence s'est empressée de lever la main.

– Laurence? a demandé Mme Martin.

– Le *Bluenose*!

– C'est exact, a répondu Mme Martin. Un point pour la table de Laurence.

Mme Martin a inscrit le chiffre « 1 » au tableau.

– La deuxième question, a-t-elle poursuivi, est dans la catégorie « Littérature ». Je cherche le nom d'une petite rousse bien connue de l'Île-du-Prince-Édouard.

Elle a parcouru la classe des yeux.

Mathieu a levé la main lentement.

– Qu'en penses-tu, Mathieu?

– C'est Clio, la petite chienne rousse?

– Bel effort, mais ce n'est pas la bonne réponse, a dit Mme Martin en souriant. Est-ce que quelqu'un d'autre a une idée?

Elle a attendu quelques secondes avant de répéter sa question.

— Une petite rousse bien connue de l'Île-du-Prince-Édouard?

Comme personne ne parlait, elle a donné la réponse.

— C'est Anne, de la maison aux pignons verts.

— J'aurais dû le savoir, a grommelé Bibiane. J'ai vu la pièce l'été dernier, à Charlottetown.

— Et voici notre dernière question pour aujourd'hui, a poursuivi Mme Martin. C'est dans la catégorie « Sports ». Avant la saison 1917-1918, qu'est-ce que les gardiens de but n'avaient pas le droit de faire?

J'ai levé la main aussitôt.

— Je le sais! ai-je murmuré à Aaron et à Mathieu, assis à ma table. Mon voisin Bobby me raconte toutes sortes de choses fascinantes sur le hockey. Il sait tout sur ce sport!

— Alors, Thomas, qu'est-ce que les gardiens de but n'avaient *pas* le droit de faire avant la saison 1917-1918? a répété Mme Martin.

— Je suis à peu près certain qu'ils n'avaient pas le droit de se laisser glisser sur la glace pour faire des arrêts, ai-je répondu.

— Tu as tout à fait raison. Un point pour ta table, Thomas, a dit Mme Martin en parcourant la pièce des yeux. Voilà qui termine notre ronde de « Questions-défis » pour aujourd'hui. C'est l'heure de la récréation. N'oubliez pas de mettre vos chapeaux et d'attacher vos manteaux. Il fait très froid aujourd'hui.

Je me suis assis sur le banc près de la porte de la classe, avec Aaron et Laurence, pour mettre mes bottes.

— On dirait bien qu'on a des chances de remporter le match de « Questions-défis » pour le mois de janvier, a dit Aaron avec un grand sourire. On a déjà deux points d'avance.

On s'est tapés dans les mains pour se féliciter.

— C'était une question facile, ai-je répondu en lui rendant son sourire. Mais ça va être moins facile d'empêcher Bruno de me traiter de tous les noms. Il va m'appeler Thomas-les-Pieds-Plats pour le restant de mes jours.

— Oui, quelle brute! a approuvé Aaron.

— Il ne joue même pas très bien, ai-je renchéri. Il est à peine capable de traverser la patinoire d'un bout à l'autre sans se mettre à tousser.

Aaron m'a regardé en enfilant ses mitaines.

— Je pense qu'il fait de l'asthme. Je le vois parfois se servir d'une pompe.

— Oh... ai-je répondu.

Tout s'éclairait. La toux, la respiration sifflante... Mais ça ne changeait rien. Il était quand même méchant. Une vraie brute.

Je me suis rendu compte que Laurence écoutait notre conversation. Elle avait cessé d'attacher son manteau et nous regardait tous les deux.

— J'ai déjà eu des problèmes avec une brute de ce genre-là.

Elle a baissé la voix en montrant du doigt une

fille coiffée d'un chapeau rayé, à l'autre bout du couloir.

– C'était Bibiane. Et ce n'était vraiment pas drôle.

J'allais sûrement avoir du plaisir à jouer avec les Braves de Bélair. Beaucoup de plaisir. Mais je ne me réjouissais pas du tout à l'idée d'avoir affaire à Bruno. J'allais rester Thomas-les-Pieds-Plats pendant très longtemps. Probablement jusqu'à la fin de mes jours.

# Chapitre 6

J'ai bien pensé que la journée de mardi ne finirait jamais. Mme Martin était absente. On avait donc une remplaçante. Alors, pas de ronde de « Questions-défis ». On aurait dit que les aiguilles de l'horloge faisaient du surplace, mais ce n'était pas le cas. J'entendais clairement le tic-tac parce que, quand c'est Mme Garant qui nous fait la classe, personne ne parle. Absolument personne. On n'a même pas le droit de chuchoter. Enfin, la cloche a sonné. La meilleure partie de la journée pouvait maintenant commencer : l'entraînement de hockey.

Quand je suis arrivé à l'aréna, il y avait déjà des garçons en train de se changer dans le vestiaire.

— Hé, Thomas! Viens t'asseoir ici! a lancé

Mathieu.

Dans son équipement de gardien de but, il paraissait énorme. Il était presque aussi grand qu'un élève du secondaire.

Je me suis assis et j'ai regardé autour de moi. J'ai vu tout de suite Bruno et Damien. J'avais la gorge serrée. Je sentais mon cœur battre la chamade. J'ai continué à parcourir la pièce des yeux. Aaron était là. Et Nicolas. Et puis Julien.

— Où est l'entraîneur? ai-je demandé.

— Il devait téléphoner, a répondu Mathieu. Il revient tout de suite. Pourquoi?

J'ai regardé encore une fois en direction de Bruno et de Damien. Mon cœur s'est mis à battre de plus en plus vite.

— Pour rien. Je me posais la question, tout simplement.

J'ai mis moins de temps à me changer que la première fois. C'était plus facile. Et l'équipement ne me paraissait plus aussi encombrant. Je savais que je n'aurais aucune difficulté à patiner. J'ai jeté un coup d'œil sur mes patins. Cette fois, je n'avais pas oublié d'enlever mes protège-lames! J'étais fin prêt.

— OK, les Braves! Allons-y! a fait une voix de

l'autre côté de la pièce.

Je n'ai pas eu besoin de lever la tête pour savoir que c'était la voix de Bruno. Tous les joueurs se sont tournés vers lui. Je me suis levé lentement pour me diriger vers le groupe.

Bruno m'observait du coin de l'œil. Il a attendu que j'aie traversé la moitié de la pièce, puis il a dit :

– Pas toi, Thomas-les-Pieds-Plats. Je veux parler des vrais Braves. Des gars qui savent patiner. Pas d'un gars comme toi!

Je me suis arrêté. Personne n'a dit un mot. Quelques-uns des garçons m'ont regardé, puis ils ont regardé Bruno. Mais la plupart fixaient le plancher.

– Assis, Thomas-les-Pieds-Plats, a-t-il ordonné.

J'ai avalé ma salive en parcourant la pièce des yeux. Personne ne me regardait. Je savais très bien pourquoi. Tout le monde avait peur de Bruno.

– Ouais, Thomas-les-Pieds-Plats, grogna Damien. Il t'a dit de t'asseoir.

Je me suis demandé s'il voulait que je m'assoie là où j'étais. Par terre. Est-ce que j'avais au moins le droit de me rendre au banc? J'ai avalé de nouveau ma salive, péniblement. Et je me suis assis par terre.

– Regardez-moi ça! a lancé Bruno en riant. Thomas-les-Pieds-Plats n'est même pas assez intelligent pour s'asseoir sur le banc.

– Laisse-le tranquille, a dit Mathieu.

Bruno a regardé Mathieu.

– Et qui va m'y obliger? Toi? a-t-il demandé en avançant d'un pas vers lui, l'air menaçant.

Mathieu m'a regardé, impuissant. Au moins, il avait essayé de prendre ma défense.

– Bon, les Braves! a poursuivi Bruno. Vous êtes prêts?

Tous mes coéquipiers ont tendu le bras. Puis, Bruno s'est mis à scander le cri de ralliement :

– Les Braves de Bélair sont les meilleurs. Y a vraiment rien qui leur fait peur!

Les joueurs de l'équipe se sont frappé le poing les uns les autres en criant en chœur.

– Allons-y, les Braves!

Puis il sont sortis un à un du vestiaire pour se rendre à la patinoire. Je me suis relevé en me répétant silencieusement : « Je ne me laisserai pas intimider par Bruno. Je ne me laisserai pas intimider par Bruno. »

# Chapitre 7

Une fois sur la glace, j'ai su tout de suite que j'avais raison. Je patinais plus facilement. Et je me sentais mieux dans mon équipement de hockey.

Aaron s'est approché de moi.

– Tu t'améliores, Thomas, m'a-t-il dit en souriant. Je vois que tu n'as pas oublié d'enlever tes protège-lames aujourd'hui.

– Oui, c'était plutôt stupide, ai-je répondu en lui rendant son sourire. Je me suis exercé sur l'étang, derrière chez nous, pendant la fin de semaine. Bobby m'a donné encore quelques conseils. Je pense que ça m'a aidé.

Je me suis retourné pour patiner à reculons. Et je ne suis pas tombé. Je n'ai même pas failli perdre l'équilibre.

– Le premier à la ligne bleue!

Omar, Ahmed et moi, on s'est exercés chacun notre tour à lancer contre Mathieu. Il a fait des arrêts extraordinaires. Puis l'entraîneur a rassemblé l'équipe à la ligne du centre.

– Bonjour, les garçons, a-t-il dit en guise d'introduction. On va commencer par quelques exercices de patinage. Vous allez tous vous poster à la ligne du but. Puis vous allez patiner le plus vite possible jusqu'à la ligne bleue, vous arrêter en freinant avec les deux pieds et revenir à la ligne du but.

Il nous a regardés l'un après l'autre avant de montrer du doigt le centre de la glace.

– Ensuite, vous patinez jusqu'à la ligne du centre, vous freinez avec les deux pieds et vous revenez à la ligne du but. Avez-vous des questions?

Comme personne ne disait rien, il a continué.

– Vous avancez d'une ligne à la fois jusqu'à ce que vous fassiez la patinoire d'un bout à l'autre.

Il s'est interrompu et a sorti un chronomètre de sa poche.

– Je vais vous chronométrer. Et maintenant, tout le monde à la ligne du but.

Je me suis posté sur la ligne, à côté d'Aaron et d'Omar.

– À vos marques, prêts... partez! a crié

l'entraîneur.

Je me suis élancé vers la ligne bleue, j'ai freiné en un éclair et je suis retourné vers la ligne du but. Après un rapide demi-tour, je suis reparti vers la ligne du centre. Aaron me devançait, mais de peu. Omar était juste derrière. Du coin de l'œil, j'ai remarqué que Bruno tirait de l'arrière. Il était blême et respirait difficilement. Je me suis arrêté brusquement à la ligne du centre, en poussant de toutes mes forces sur mes patins pour freiner des deux pieds. On aurait dit que mes patins mordaient la glace. Je me suis élancé de nouveau vers la ligne du but. C'est alors que je me suis rendu compte que Bruno avait cessé de patiner. Il cherchait son souffle, plié en deux, la respiration terriblement sifflante. Il semblait complètement hors d'haleine. Je me suis dirigé vers lui.

– Ça va? lui ai-je demandé.

Il m'a regardé méchamment.

– À ton avis? a-t-il rétorqué.

Et il m'a poussé. Violemment. J'ai perdu l'équilibre et j'ai failli tomber, mais je me suis repris à la dernière seconde. Bruno est passé à côté de moi, la respiration de plus en plus courte. Rendu à la bande, il a ouvert la porte du banc des joueurs avec son patin et s'est engouffré dans le

corridor qui menait au vestiaire.

« Quelle brute! », me suis-je dit.

Je ne m'étais pas rendu compte, avant d'être arrivé au vestiaire, à quel point cet exercice de patinage m'avait fatigué. J'avais les jambes en coton et le visage couvert de sueur. Et je mourais de soif. J'ai pris ma bouteille d'eau. Elle était vide. Je l'ai regardée à la lumière et je l'ai remuée. Ouais... Complètement vide. Mais comment était-ce possible?

En la fourrant dans mon sac d'équipement, j'ai constaté que je n'étais pas au bout de mes peines. Tous mes vêtements étaient mouillés. J'ai sorti mon tee-shirt. Il était trempé. Puis mon chandail. Trempé aussi. Même mon pantalon dégoulinait. Étrange quand même, non?

Puis j'ai découvert que mes bottes étaient remplies de neige jusqu'en haut. Alors, j'ai compris. Bruno! Il avait quitté la patinoire avant les autres. Il avait eu tout le temps voulu pour vider ma bouteille sur mes vêtements. Et même pour remplir mes bottes de neige.

J'ai tourné les yeux vers lui. Il s'était déjà

changé et était assis à côté de Damien, qui enlevait à son tour son équipement. Il a pris une gorgée de sa bouteille d'eau et m'a regardé droit dans les yeux, avant de donner une pichenette sur sa bouteille. Puis il a dit d'une voix forte, sans me quitter des yeux :

– Patiner ainsi, ça donne soif. Hein, Damien?

– Absolument, a approuvé Damien en arrêtant de délacer ses patins pour regarder vers moi. Ça, c'est sûr.

Et ils se sont mis à rire tous les deux.

# Chapitre 8

Le lendemain, à l'école, j'ai essayé de ne pas penser à mes bottes remplies de neige, à mes vêtements trempés et aux moqueries de Bruno. Heureusement que Mme Martin était de retour et qu'on a pu jouer à « Questions-défis ». J'aime tellement ce jeu-là que j'oublie à peu près tout le reste. Y compris mes problèmes avec cette brute de Bruno.

Mme Martin a attendu que toute la classe se taise avant de poser la première question. Elle s'est éclairci la gorge, et tout le monde a compris le message. Mathieu a enfin cessé de bavarder avec Julien.

– Bon, a dit Mme Martin. Nous sommes prêts à commencer.

Elle a regardé tour à tour Mathieu et Julien.

– Notre première question, aujourd'hui, porte sur les sports.

Je me suis penché vers l'avant, pour bien entendre la question. Les sports, c'est ma catégorie préférée.

– En quoi étaient faites les premières rondelles de hockey?

Claire a levé la main immédiatement.

– En caoutchouc? a-t-elle hasardé.

– Non, désolée, Claire, a dit Mme Martin en secouant la tête. Elles n'étaient pas en caoutchouc. Est-ce que quelqu'un d'autre a une idée? a-t-elle ajouté en parcourant la pièce du regard.

J'ai essayé de me rappeler si Bobby m'avait déjà parlé de rondelles de hockey. Mais ça ne me disait rien du tout.

– Eh bien, croyez-le ou non, a dit Mme Martin, les premières rondelles de hockey étaient parfois faites de crottin de cheval gelé.

Quelques élèves ont poussé des exclamations dégoûtées.

– Du crottin? a demandé Ahmed. Qu'est-ce que c'est?

J'ai entendu quelques élèves ricaner et, avant que Mme Martin ait le temps de répondre, quelqu'un a lancé du fond de la classe :

– De la crotte! Les premières rondelles de

hockey étaient faites en crotte!

– Ouache, dégoûtant! a marmonné Claire. J'aimais mieux ma réponse.

– Passons maintenant à la deuxième question, a poursuivi Mme Martin. C'est un « vrai ou faux », dans la catégorie « Sciences ». L'oryctérope, aussi connu sous le nom de cochon de terre, qui se nourrit de fourmis, est l'animal qui a la plus longue langue.

Mme Martin nous a montré un dessin représentant un oryctérope. Puis elle a hoché la tête en direction de Bibiane, qui sautillait sur place à côté de sa chaise.

– Je sais! Je sais! a lancé Bibiane. C'est faux!

– Tu as raison, Bibiane, a dit Mme Martin en souriant. C'est la baleine bleue. Sa langue est plus lourde qu'un éléphant. En fait, on pourrait aligner cinquante personnes debout sur sa langue. Un point pour ta table.

Elle a ajouté au tableau le point que Bibiane venait de marquer.

Bibiane s'est tournée vers moi en exécutant une petite danse victorieuse. Puis elle m'a tiré la langue… une bien petite langue comparée à celle d'une baleine bleue!

– On a juste deux points de retard sur vous, Thomas, a-t-elle lancé, toute fière.

– On va gagner quand même, ai-je répliqué en riant. Tu vas voir!

– Et voici notre dernière question pour aujourd'hui, a coupé Mme Martin. C'est dans la catégorie « Nature ». Nommez-moi trois choses qu'on ne trouve pas à Terre-Neuve.

Dans la catégorie « Nature »… Alors, il devait s'agir de plantes ou d'animaux. Mais qu'est-ce que ça pouvait bien être?

– Vous avez des idées? ai-je murmuré à Aaron et à Mathieu.

Ils ont secoué la tête.

– Je pense qu'il n'y a pas de mouffettes à Terre-Neuve, mais je ne sais pas quelles sont les deux autres choses, ai-je dit.

Il y a eu des chuchotements, mais personne n'avait la réponse.

– Est-ce que quelqu'un veut essayer?

Aaron a levé la main très lentement.

– Je pense qu'il n'y a pas de mouffettes, de

serpents, et de...

Mme Martin attendait qu'il finisse.

– Il me faut encore une chose, Aaron. Des mouffettes, des serpents et... Quelle est la dernière chose?

– Des tournesols? a proposé Aaron.

– Pas tout à fait! a répondu Mme Martin en secouant la tête. Les trois choses qu'on ne trouve pas à Terre-Neuve, ce sont des mouffettes, des serpents et de l'herbe à puce. Tu y étais presque, Aaron.

– Bel effort, ai-je chuchoté. De toute manière, on mène encore par deux points.

Après la ronde de « Questions-défis », on s'est mis en rang pour aller manger. En mettant le pied à la cafétéria, j'ai senti la bonne odeur de la pizza au pepperoni. Je me suis demandé ce que ma mère avait mis dans mon sac-repas. Mon estomac gargouillait. J'ai pris le dernier siège libre près de la fenêtre, à côté de Julien. Il avait apporté un sandwich au thon avec des bâtonnets de carottes.

– Ça a l'air bon, ai-je dit en ouvrant mon sac.

– Et toi, qu'est-ce que tu as? m'a demandé Julien en croquant dans sa carotte.

J'ai déballé mon repas. Il y avait du jus de pommes, un petit pot de pouding au chocolat, une boîte de raisins secs et un sandwich enveloppé dans du papier d'alu. Je l'ai senti et j'ai fait la moue.

– Beurk! Un sandwich aux œufs! Sens! ai-je dit en fourrant le sandwich sous le nez de Julien.

– Dégueu. Ça sent les œufs pourris, a dit Julien.

– Ça sent toujours comme ça, les sandwichs aux œufs, ai-je fait remarquer. Ça me fait penser à du crottin. Peut-être que je devrais congeler mon sandwich pour en faire une rondelle.

Julien s'est mis à rire. On a mangé en silence pendant quelques minutes, et puis Julien s'est tourné vers moi. J'ai bien vu qu'il réfléchissait à quelque chose de sérieux.

– Bruno est vraiment méchant avec toi, a-t-il dit. Tu devrais peut-être lui montrer l'effet que ça fait. En cachant son bâton pour l'empêcher de jouer, par exemple.

– Ouais, ai-je approuvé en riant. Ou en mettant de la colle dans son protège-dents.

L'idée me plaisait, décidément...

– Ça serait drôle. J'imagine sa réaction!

– Non, non, attends! a lancé Julien, tout excité.
Tu as vu nos noms, au dos de nos chandails?

J'ai fait signe que oui.

– Eh bien, tu pourrais
prendre un marqueur et
changer le « n » et le « o » pour
un « t » et un « e ». Comme ça,
plutôt que « Bruno », ça dirait
« Brute »!

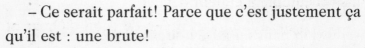

Je me suis mis à rire moi
aussi.

– Ce serait parfait! Parce que c'est justement ça
qu'il est : une brute!

On s'est tapés dans les mains, très contents de
nous.

Mais Julien a vite repris son sérieux.

– De toute manière, ça ne marcherait
probablement pas.

–Tu as raison, ai-je répondu en courbant le dos.
Mais c'est amusant d'imaginer des tours à lui
jouer!

Julien a gardé le silence quelques secondes.

– Ouais. En tout cas, il ne faut surtout pas lui
laisser voir qu'il t'énerve.

# Chapitre 9

Le samedi a fini par arriver – jour de mon premier match officiel. J'étais tout excité d'affronter les Marins de Marionville... et peut-être un tout petit peu nerveux aussi. Quand je suis arrivé au vestiaire numéro quatre, presque tous mes coéquipiers étaient déjà là.

J'ai déposé mon sac à côté de celui d'Omar et j'ai commencé à enfiler mon équipement. Protège-tibias, protège-coudes, épaulières... J'allais prendre mes patins dans mon sac quand la porte s'est ouverte. Bruno et Damien sont entrés et Bruno m'a regardé longuement.

– Hé, Thomas-les-Pieds-Plats! a-t-il lancé. L'entraîneur veut te voir.

– Maintenant? ai-je demandé.

Bruno a échangé un regard avec Damien, puis il a hoché la tête en souriant.

– Ouais, tout de suite. Et il te fait dire de te dépêcher.

– Il t'attend près de l'entrée, a ajouté Damien.

J'ai regardé Omar. Il a haussé les épaules.

– Je reviens tout de suite, ai-je dit à Omar.

Je suis sorti du vestiaire et je me suis hâté vers le bout du long corridor. Je pensais que l'entraîneur voulait peut-être me faire jouer avec le trio de départ. Ou me mettre au centre plutôt qu'à l'aile gauche. Ça serait tellement cool!

J'ai accéléré le pas en approchant de l'entrée principale. J'ai regardé vers la porte. Les spectateurs commençaient déjà à arriver. J'ai aperçu Laurence et Claire, avec leurs pères, mais il n'y avait pas de trace de l'entraîneur. Où était-il? Peut-être à l'entrée de côté? J'ai vite bifurqué vers la gauche pour me rendre à l'autre porte. Il n'y avait personne. Que faire? Pendant que je réfléchissais, sans savoir où aller, j'ai entendu une voix derrière moi.

– Bonjour, Thomas.

Je me suis retourné, étonné. C'était Mme Martin!

– Oh, bonjour, madame Martin. Qu'est-ce que vous faites ici?

— Je suis venue encourager mon équipe préférée, a-t-elle répondu en souriant. Tu joues aujourd'hui? Je pense que le match commence dans quelques minutes, a-t-elle ajouté en regardant sa montre. Tu n'es pas censé être sur la patinoire?

Oh, non! Le match allait commencer! Et j'allais être en retard!

– Avez-vous vu notre entraîneur? ai-je lancé, inquiet. Il paraît qu'il veut me voir.

– Non, désolée, je viens d'arriver, a répondu Mme Martin en secouant la tête.

– Eh bien, merci quand même. Il faut que j'y aille.

J'ai fait demi-tour et je suis reparti en courant vers le vestiaire.

J'ai entendu la voix de Mme Martin derrière moi, dans le corridor.

– Bonne chance, Thomas!

Quand je suis enfin arrivé au vestiaire, il était vide. Mes coéquipiers étaient déjà sortis. Heureusement que j'avais enfilé mon uniforme! Il ne me restait plus qu'à mettre mes patins. J'ai plongé la main dans mon sac, d'abord à un bout, puis à l'autre. Mes patins n'étaient pas là. Étrange... Ils ne pouvaient pas être ailleurs. Paniqué, j'ai fouillé frénétiquement dans mon sac. Rien! « Je suis pourtant sûr de les avoir apportés, ai-je marmonné. Je sais que je les ai. » Mais où étaient-ils?

Et puis, comme dans les dessins animés, une lumière s'est allumée dans ma tête. J'ai compris tout à coup que l'entraîneur n'avait pas du tout

demandé à me voir. Bruno avait inventé cette histoire pour me jouer un tour. Il avait essayé de m'empêcher de jouer mon premier match!

J'ai pris une grande inspiration. Mes patins devaient bien être quelque part. Mais où? J'ai regardé sous les bancs. Rien. Puis j'ai senti mon cœur se serrer. Je me suis dirigé vers les toilettes. Même Bruno ne pouvait pas être aussi méchant... n'est-ce pas?

Il y avait trois cabines dans les toilettes. J'ai jeté un coup d'œil à la cuvette, dans la première cabine. Rien. J'ai regardé dans la deuxième cabine. Rien non plus. Lentement, je me suis dirigé vers la dernière cabine. Si mes patins étaient dans la cuvette, ils seraient sûrement fichus. Ma carrière de hockey serait terminée avant même d'avoir commencé. Je n'avais pas le courage de regarder. J'ai croisé les doigts et j'ai soulevé le couvercle de la toilette.

# Chapitre 10

**O**uf… Il n'y avait rien. Absolument rien. Quel soulagement! Mais j'avais quand même un sérieux problème. Où étaient mes patins? J'étais sûr de les avoir mis dans mon sac.

Je tournais en rond en m'efforçant de réfléchir calmement. Je voyais dans le miroir, au-dessus de l'évier, l'écusson bleu et argent des Braves de Bélair. Quel Brave je faisais! Je ne trouvais même pas mes propres patins! C'est alors que j'ai aperçu autre chose dans le miroir. Un reflet argenté, dans la poubelle…

Je me suis précipité. Sous une pile d'essuie-mains trempés, que j'ai aussitôt jetés par terre, j'ai senti un objet dur, en cuir. Mes patins! J'aurais bien fait des culbutes et des pirouettes tant j'étais content, mais j'étais trop pressé. Mon équipe m'attendait. Tout de suite!

Il m'a fallu une éternité pour lacer mes patins. Plus j'essayais de me dépêcher, plus je m'embrouillais. Je ne me rendrais jamais à la patinoire! Et tout ça, c'était à cause de Bruno.

J'étais au bord des larmes. Je me suis essuyé les yeux, furieux.

Et je me suis souvenu de ce que Julien m'avait dit : « Il ne faut surtout pas lui laisser voir qu'il t'énerve. »

J'ai fini par attacher mes lacets, je me suis levé et j'ai replacé mon chandail. Je me suis répété « Surtout pas! » et je suis allé rejoindre mes coéquipiers.

Je me suis glissé sur le banc à côté d'Ahmed. L'entraîneur faisait les cent pas derrière les joueurs, tout en mastiquant énergiquement de la gomme à mâcher. Quand il m'a aperçu, il a froncé les sourcils.

— Tu es en retard, Thomas. Le match est commencé depuis trois minutes, a-t-il grondé en montrant l'horloge, à l'autre bout de la patinoire.

J'ai avalé péniblement ma salive. Quel beau début pour mon premier match! J'ai jeté un coup d'œil rapide à Bruno. Il était assis à l'autre bout du banc, avec Damien. Ils me souriaient tous les deux d'un air narquois, apparemment très satisfaits que l'entraîneur soit fâché contre moi. J'avais envie de raconter tout haut ce qu'ils avaient fait pour me mettre en retard.

Mais les paroles de Julien résonnaient dans ma tête : « Il ne faut surtout pas lui laisser voir qu'il t'énerve. »

Je me suis redressé sur le banc et j'ai regardé l'entraîneur droit dans les yeux.

– Je suis désolé, ai-je dit. Ça n'arrivera plus.

Puis je me suis tourné vers Bruno. Il m'observait toujours. Mais il avait perdu son air narquois. Il avait plutôt l'air... surpris.

# Chapitre 11

Quelques minutes plus tard, l'entraîneur m'a tapé sur l'épaule.

– Allez, Thomas, m'a-t-il annoncé en souriant. C'est ton tour. Tu joues à l'aile droite, et Bruno est au centre.

J'allais enfin pouvoir montrer de quoi j'étais capable! Je me suis élancé sur la glace à côté de Bruno.

– Et n'oubliez pas de faire des passes, les gars! Le hockey, c'est un sport d'équipe.

Les Marins de Marionville menaient 2 à 1. Tout pouvait encore arriver. J'allais peut-être marquer mon premier but! C'est ça qui serait cool! L'arbitre a sifflé, et la rondelle est tombée sur la glace.

Les deux équipes étaient à peu près de force égale. Je me sentais bien. Je n'avais aucun mal à suivre les autres. Mais j'ai tout de suite compris une chose. Tous les joueurs des Braves faisaient exactement ce que disait l'entraîneur : ils se faisaient des passes et jouaient en équipe. Tous, sauf Bruno. Surprise, surprise! Chaque fois qu'il avait la rondelle, il cherchait à marquer tout seul.

– Passe! a crié Julien.

Il était parfaitement bien placé pour marquer. Mais est-ce que Bruno lui a fait une passe? Bien sûr que non. Et, pour aggraver les choses, Bruno s'est mis à tousser et à éternuer. Comme il patinait au ralenti, l'entraîneur lui a fait signe de rentrer au banc. J'ai bien vu son geste, et je suis à peu près certain que Bruno l'a vu lui aussi, mais il a quand même essayé de marquer. Comme si Julien n'existait pas.

Chaque fois que Bruno était sur la glace, le même manège se répétait. Dès qu'il avait la rondelle, Bruno la gardait pour lui. La marque était toujours de 2 à 1. Si seulement on pouvait marquer! C'est alors que j'ai eu une occasion en or. Le gardien des Marins était passé derrière son but, qu'il avait laissé grand ouvert. J'avais de grandes chances d'atteindre le fond du filet et d'égaliser!

– Ici, Bruno! ai-je crié en frappant la glace avec mon bâton.

Bruno m'a regardé. Il a vu que j'étais devant le

but, mais il a hésité.

J'ai entendu l'entraîneur crier sur le banc.

– Une passe! Fais-lui une passe, Bruno!

J'ai frappé la glace encore une fois avec mon bâton.

– Je suis libre, Bruno. Fais-moi une passe!

Mais il a choisi d'essayer de contourner deux joueurs des Marins. Je n'en revenais pas! Il n'avait aucune chance. Il avait du mal à patiner, et ses adversaires étaient énormes. Et rapides!

Après une dure mise en échec, Bruno s'est

écroulé sur la glace. Le numéro 15 des Marins s'est emparé de la rondelle et s'est élancé vers l'autre bout de la patinoire. Quelle échappée! Il a pris son élan pour faire un lancer frappé. La rondelle est passée juste à côté du gant de Mathieu et s'est s'arrêtée dans le coin droit du filet. But!

Je suis retourné au banc, la tête basse. On tirait maintenant de l'arrière 3 à 1, et tout ça, c'était à cause de Bruno.

Je me suis assis sur le banc à côté de lui. Il ne m'a même pas regardé. Mais j'étais tellement fâché que je n'ai pas pu me retenir de lui dire ma façon de penser.

— Pourquoi tu ne m'as pas fait de passe? ai-je crié. J'aurais pu marquer! Le filet était grand ouvert, et j'étais tout près!

Je savais que j'aurais dû me taire, mais je n'en pouvais plus. Tous les sentiments que j'avais gardés pour moi jusque-là remontaient à la surface.

— Tu n'es pas un vrai joueur d'équipe. Tu n'es qu'un « mangeur de rondelles »!

— Thomas! a coupé l'entraîneur d'un ton sec. Pas d'insultes entre coéquipiers, aussi frustrant que soit le jeu sur la patinoire. C'est compris?

J'ai hoché la tête. Sur le banc, personne ne disait mot.

# Chapitre 12

Le mois de janvier a filé comme une flèche et, avant que je m'en rende compte, on était en février. Les meilleurs jours, c'étaient le mardi et le samedi pour moi – les jours où on avait des entraînements ou des matchs de hockey.

J'avais encore des problèmes avec Bruno. Mais j'essayais de ne pas m'occuper de lui, même quand il m'appelait « Thomas-les-Pieds-Plats ». Parfois, il me regardait d'un air narquois, en disant « Est-ce qu'il y a quelque chose à manger par ici? » et en se léchant les babines. Je savais qu'il faisait allusion au jour où on avait perdu contre les Marins de Marionville et où je l'avais accusé d'être un mangeur de rondelles. Je faisais de mon mieux pour faire comme si de rien n'était, mais c'était difficile. Très difficile.

On venait de terminer un exercice de passes. C'était à mon tour d'envoyer la rondelle à Bruno, quand je l'ai entendu s'écrier :

– Par ici, espèce de mangeur de rondelles! Par ici voyons!

Damien rigolait, posté près de la ligne bleue.

Pourquoi est-ce que Bruno me traitait de « mangeur de rondelles »? Il aurait mieux fait de se regarder dans un miroir. Mais je n'ai pas eu le temps de réfléchir à la question parce que la voix de l'entraîneur a retenti à l'autre bout de la patinoire.

– Ça suffit, Bruno! On travaille en équipe. Je ne veux pas entendre de bêtises de ce genre, compris?

Le visage de Bruno a viré au rouge foncé.

– Bon, alors, vous allez vous exercer tous les deux à vous faire des passes.

Et c'est ce qu'on a fait. On s'est lancé la rondelle, dans un sens, puis dans l'autre. Sans dire un mot.

Après un certain temps, l'entraîneur a sifflé en faisant signe à tous les joueurs de se rassembler au centre de la patinoire.

– On va terminer l'entraînement par une course de vitesse. Vous allez vous diviser en deux équipes et faire la course deux par deux en contournant les cônes avec la rondelle. Allez-y! a-t-il conclu en frappant dans ses mains.

Je me suis mis en ligne derrière Ahmed et Julien. Au coup de sifflet de l'entraîneur, Aaron et Damien se sont élancés sur le parcours de cônes. Ils étaient à peu près de force égale, et Damien l'a emporté de quelques secondes seulement. D'autres paires de joueurs ont suivi. Puis, mon tour est arrivé. Et – surprise, surprise! – j'ai dû affronter Bruno. Quelle malchance!

L'entraîneur a sifflé. J'ai pris mon élan, en enfonçant dans la glace la lame de mon patin droit. Je tenais mon bâton à deux mains, en m'efforçant de ne pas laisser la rondelle me devancer trop.

Bruno avait pris de l'avance, mais pas beaucoup. J'étais à peu près certain de pouvoir le rattraper. J'ai contourné un cône, puis un autre, et je l'ai dépassé. Il toussait, encore une fois, mais il a quand même réussi à me lancer un regard assassin. Il n'était vraiment pas content. Je me suis précipité vers le dernier cône. Et j'ai terminé le parcours en premier!

J'ai regardé Bruno patiner autour des deux derniers cônes, le visage cramoisi. Je ne savais pas très bien si c'était parce qu'il toussait et qu'il avait du mal à respirer, ou simplement parce qu'il était furieux.

– J'aurais pu gagner, a-t-il sifflé. Je suis beaucoup plus rapide que toi.

Il s'est interrompu pour reprendre son souffle.

– C'est juste que...

Mais je n'ai pas attendu la fin de sa phrase. Je suis passé à côté de lui pour retourner à l'autre bout de la patinoire. Bruno a fait demi-tour et m'a suivi. On était à peu près au centre de la patinoire quand quelqu'un m'a poussé par derrière et m'a envoyé dans le bac de cônes inutilisés. Les cônes se sont envolés dans toutes les directions, et je me suis écrasé dans le tas avec un bruit sourd.

– Désolé, Thomas-les-Pieds-Plats, a dit Bruno avec un sourire narquois, en passant à côté de moi. J'ai trébuché.

Je lui ai lancé un regard furieux. Mais, avant que j'aie le temps de dire quoi que ce soit, j'ai entendu l'entraîneur crier.

– Ramasse tout ça, Thomas. L'entraînement est presque fini!

J'ai donc passé les dernières minutes de la séance d'entraînement à ramasser treize cônes orangés. Chaque fois que j'en lançais un dans le bac, je m'imaginais que c'était Bruno qui s'étalait au fond. Je me suis senti un peu mieux...

# Chapitre 13

Après avoir fini de ranger les cônes, je me suis rendu au vestiaire. La plupart de mes coéquipiers étaient en train de se changer. Je me suis assis lourdement sur le banc à côté de Mathieu. J'ai détaché mon casque et je l'ai laissé tomber dans mon sac. Puis j'ai ramassé ma bouteille et j'ai pris une bonne gorgée d'eau froide. Ça m'a fait du bien.

– C'était un bon entraînement, hein, Thomas? a dit Mathieu.

– Ouais, sauf à la fin.

Mathieu a hoché la tête. Il était bien d'accord.

J'ai regardé Bruno du coin de l'œil. Rien ne le distinguait des autres membres de l'équipe. Personne n'aurait pu deviner, simplement en le regardant, qu'il pouvait être aussi méchant. Mais c'était une vraie brute. En soupirant, je me suis baissé pour délacer mes patins.

Une fois changé, j'ai commencé à ranger mes affaires dans mon sac de hockey. Je voulais être certain de ne rien oublier au vestiaire. Il n'y avait rien sur le banc, ni en dessous. J'ai jeté un dernier coup d'œil autour de moi pour être sûr d'avoir toutes mes affaires. C'est alors que j'ai remarqué Bruno, assis sur le banc, encore en uniforme. On aurait dit qu'il faisait exprès de prendre son temps.

La moitié des joueurs de l'équipe étaient partis.

– À la prochaine! a lancé Aaron.

– Salut! a fait Mathieu.

Je leur ai fait signe de la main pendant qu'ils se dirigeaient vers la porte. J'ai vu Bruno parcourir la pièce du regard. Puis, lentement, il a commencé à enlever son équipement : d'abord son chandail, et ensuite ses protège-coudes et ses épaulières. Il s'est interrompu pour regarder une nouvelle fois autour de lui. Il s'est rendu compte que je l'observais. Il a hésité un instant, puis il a retiré le reste de son équipement.

Je n'en revenais pas. J'avais devant moi le joueur le plus insupportable des Braves de Bélair, et il portait un caleçon long décoré de petits oursons. Exactement! De mignons petits oursons en peluche bleus et verts!

J'ai levé les yeux vers son visage... qui était rouge comme une tomate. Bruno m'a fixé un long moment.

Je me suis rappelé toutes ses méchancetés à mon égard : il m'avait surnommé Thomas-les-Pieds-Plats, il s'était moqué de mon équipement usagé, il avait rempli mes bottes de neige, il m'avait empêché de me joindre au cri de ralliement des Braves, il m'avait frappé pour m'envoyer valser dans les cônes. J'avais l'occasion de prendre ma revanche. Sous ses airs de fier-à-bras, il n'était qu'un petit garçon, après tout. Mais les autres joueurs n'avaient pas remarqué les oursons. Ils étaient trop occupés à ramasser leurs affaires tout en jacassant.

J'ai secoué la tête sans dire un mot.

J'ai lu un vif soulagement dans les yeux de Bruno. Il a fini de s'habiller en vitesse.

# Chapitre 14

Le mois de février a filé, et mars est arrivé. Nous étions en train de nous changer pour le dernier entraînement de la saison quand l'entraîneur nous a dit qu'il avait une nouvelle importante à nous annoncer. Nous nous sommes tous interrompus, les yeux fixés sur lui.

– Eh bien, les gars, a-t-il lancé, notre saison de hockey tire à sa fin. Vous avez fait beaucoup de progrès depuis notre premier entraînement, à l'automne.

Il a parcouru la pièce des yeux en nous regardant l'un après l'autre.

– Votre coup de patin s'est amélioré. Vos tirs sont plus solides et plus précis. Certains d'entre vous doivent faire encore des efforts pour se comporter comme de vrais sportifs, a-t-il souligné après une courte pause en se tournant vers Bruno et Damien. Mais, dans l'ensemble, a-t-il ajouté après s'être éclairci la gorge, je suis très content de votre esprit d'équipe.

J'ai regardé autour de moi. Certains de mes coéquipiers hochaient la tête. D'autres souriaient.

– Alors… J'ai organisé une surprise pour la fin de la saison, a poursuivi l'entraîneur. Nous allons avoir un invité spécial pour notre dernier match : un joueur de hockey professionnel de la Ligue nationale.

Tout le monde s'est mis à crier et à applaudir.

– Super! a lancé Julien. C'est qui?

– Vous connaissez personnellement un joueur de la LNH? a demandé Aaron.

L'entraîneur a fait oui de la tête.

– Et maintenant, je vous laisse deviner qui peut bien être notre invité mystère, mais je vais vous donner un indice.

Il s'est interrompu pour s'assurer que tous ses joueurs l'écoutaient. Une fois le calme revenu dans le vestiaire, il a ajouté :

– Notre invité mystère a déjà remporté le trophée Lady Byng.

L'entraîneur s'est tourné vers Bruno.

– Comme vous le savez tous, a-t-il poursuivi en choisissant soigneusement ses mots, ce trophée est attribué chaque année au joueur de la LNH qui a démontré le plus de courtoisie et d'esprit sportif.

– D'esprit sportif, Bruno, a dit Ahmed. Tu ne sais peut-être pas ce que ça veut dire? Ça veut dire être solidaire. Et s'entendre avec les autres.

Je me suis tourné vers Ahmed, étonné. C'était habituellement un des joueurs les plus silencieux de l'équipe. Il en avait peut-être assez lui aussi du comportement de Bruno.

Bruno l'a regardé fixement.

– Bruno, a poursuivi l'entraîneur, le

récipiendaire du trophée Lady Byng est souvent un joueur qui n'a pas eu beaucoup de minutes de pénalité. Et ce n'est pas seulement un joueur ayant fait preuve d'une bonne conduite. C'est aussi un excellent joueur.

– C'est un modèle, en quelque sorte? a demandé Aaron.

– Exactement, a répondu l'entraîneur. Et il y a quelques joueurs, dans l'équipe, qui auraient besoin de démontrer plus d'esprit sportif.

Il s'est tourné de nouveau vers Bruno et Damien.

Je savais ce qu'il voulait dire. Tout le monde le savait, probablement. Mais je me demandais si Bruno avait compris le message.

Après le départ de l'entraîneur, on a tous essayé de deviner quel joueur de la LNH il avait invité à venir voir notre dernier match.

– Je parie que c'est Sidney Crosby, a suggéré Julien.

– Non, c'est Alex Ovechkin, a dit Omar.

– Et toi, Thomas, as-tu une idée? a demandé Mathieu.

– Aucune idée, ai-je répondu en secouant la tête. Mais j'ai hâte de le savoir!

On venait de finir de se changer pour l'entraînement quand Bruno a lancé :

– Allez, les Braves!

Je savais ce qui s'en venait : le cri de ralliement des Braves de Bélair.

Tous les joueurs se sont rassemblés autour de Bruno. Tous, sauf moi. Je les ai regardés tendre le bras, comme d'habitude. Bruno a prononcé les

deux phrases rituelles, comme d'habitude :

– Les Braves de Bélair sont les meilleurs. Y a vraiment rien qui leur fait peur!

Et, comme d'habitude, tous les joueurs se sont frappé les poings ensemble. Tous, sauf moi. Puis, un par un, on est sortis du vestiaire pour aller à la patinoire.

# Chapitre 15

Le dernier samedi de mars est enfin arrivé, après ce qui m'a paru une éternité. Non seulement c'était notre dernier match de la saison, mais on allait rencontrer un joueur de la LNH en chair et en os! J'étais surexcité.

Je suis arrivé très en avance à l'aréna. Je me suis assis à côté d'Aaron dans le vestiaire.

– Alors, ai-je demandé, à ton avis, c'est qui?

Aaron a su tout de suite de quoi je voulais parler.

– C'est peut-être Wayne Gretzky, a-t-il répondu en souriant. Je n'en peux plus d'attendre!

– Et moi donc!

Le vestiaire bourdonnait d'excitation. Et de suggestions.

– Michael Ryder.

– Brad Richards.

– Joe Sakic.

Je finissais de lacer mes patins quand la porte s'est ouverte. J'ai retenu mon souffle; l'entraîneur est entré suivi d'un autre homme. Qui était-ce? Il était grand, il avait une abondante chevelure grise et...

Pas possible! C'était Bobby, mon voisin! Qu'est-ce qu'il faisait là? J'ai regardé derrière lui, dans l'espoir d'apercevoir quelqu'un d'autre : notre invité de la LNH. Mais il n'y avait personne.

— Hé, Bobby! ai-je lancé en souriant.

— Salut, Thomas, a-t-il répondu. Tu es fin prêt pour ton dernier match de la saison?

– Bien sûr! On va gagner aujourd'hui. On va battre les Marins à plates coutures, ai-je annoncé en riant. Alors, qu'est-ce que vous faites ici? Vous êtes venu voir le match?

– Bien sûr, a-t-il répondu en souriant. En fait, c'est ton entraîneur qui m'a invité.

J'ai trouvé ça un peu bizarre. L'entraîneur avait donc invité deux personnes : Bobby et une vedette de la LNH? Bobby et l'entraîneur étaient peut-être de bons amis, après tout. J'ai regardé de nouveau vers la porte. Toujours aucun signe du joueur de la LNH. Sans me laisser le temps de réfléchir plus longuement, notre entraîneur a pris la parole après s'être éclairci la gorge.

– Bon, les garçons, écoutez bien, a-t-il annoncé. Nous avons aujourd'hui un invité très spécial.

Il s'est interrompu et a souri à Bobby. J'ai regardé autour de moi. Où était-il, cet invité spécial? Évidemment, c'était super que Bobby soit venu me voir jouer, mais j'étais surtout curieux de savoir qui était la fameuse vedette de la LNH. Mais l'entraîneur a interrompu le fil de mes pensées en reprenant son discours.

– Je voudrais vous présenter notre invité

spécial. C'est Bob MacMillan, un ancien joueur de la Ligue nationale de hockey, a-t-il conclu en se tournant vers Bobby.

Bobby?! Bobby était un ancien joueur de la LNH? Je l'ai regardé, bouche bée. Le voisin qui m'avait appris à jouer au hockey sur l'étang avait fait carrière dans la Ligue nationale? Comment était-ce possible? Pourquoi est-ce que je ne l'avais pas su?

– Vous n'étiez pas encore nés quand Bob a commencé sa carrière dans la LNH, en 1974, nous a expliqué l'entraîneur. Il a joué pour les Rangers de New York et les Blues de St. Louis, et a eu une très belle carrière avec d'autres équipes aussi. Mais c'est pendant qu'il était avec les Flames d'Atlanta qu'il a remporté le trophée Lady Byng, en 1979.

J'entendais à peine ce que disait l'entraîneur. J'ai vaguement saisi que Bobby avait été surnommé « Mack the Knife ». Mais je me demandais surtout comment j'avais pu ignorer une chose pareille. Je ne me rappelais pas que Bobby m'ait jamais dit quoi que ce soit au sujet de sa carrière dans la LNH. Il m'a fallu quelques secondes pour me rendre compte que le silence était revenu dans le vestiaire. L'entraîneur avait fini de parler, et tout le monde me regardait. Même Bobby.

– N'est-ce pas, Thomas? disait-il. J'étais en train de dire que l'important, au hockey, c'est d'avoir une bonne attitude. Tu avais une attitude tellement positive, a-t-il ajouté en souriant, quand tu as appris à jouer. Même si tu as commencé plus tard que les autres – il a balayé la pièce du bras, dans un grand geste circulaire –, tu as toujours été déterminé à t'améliorer le plus possible.

Je lui ai rendu son sourire.

– Pourquoi tu ne nous as pas dit que c'était un vrai joueur de la LNH? a chuchoté Aaron.

– Parce que je ne le savais pas, ai-je répondu sur le même ton.

– C'est vraiment super! a ajouté Aaron.

– Ouais, ai-je répondu sans cesser de sourire.

J'ai jeté un coup d'œil à la ronde. Tous mes

coéquipiers avaient les yeux fixés sur moi, et je savais que c'était parce que j'étais l'ami d'une vedette de la LNH.

# Chapitre 16

— **V**otre entraîneur m'a parlé de tout le travail que vous avez fait et de l'engagement passionné de tous les joueurs envers l'équipe. Je trouve ça merveilleux, a dit Bobby en souriant. Mais il m'a demandé aussi de vous dire quelques mots sur l'esprit sportif. Vous savez déjà, a-t-il ajouté après une courte pause, que j'ai déjà remporté le trophée Lady Byng.

J'ai parcouru la pièce des yeux. Plusieurs de mes coéquipiers hochaient la tête.

– Vous savez, c'est important de jouer en équipe. Vous avez probablement déjà entendu dire qu'il n'y a pas de « m » pour « moi » dans le mot « équipe », et je suis ici pour vous le rappeler. Tous les membres de l'équipe sont importants. Bien sûr, c'est toujours amusant de gagner. Mais le succès, ce n'est pas seulement une question de victoire ou de défaite. C'est une question d'esprit d'équipe.

C'est une question de cœur au ventre. Et surtout, c'est une question d'attitude. N'oubliez pas que les vrais gagnants, ce sont ceux qui font preuve d'esprit sportif.

J'ai jeté un regard rapide à Bruno et à Damien. Ils étaient tous les deux parfaitement immobiles, les épaules voûtées, la tête baissée.

– Mon bon ami Thomas m'a parlé de votre cri de ralliement, a ajouté Bobby. Quand vous vous frappez les poings tous ensemble.

Du coin de l'œil, j'ai vu Bruno se redresser brusquement. Il m'a regardé, le visage de plus en

plus rouge.

– La plupart des équipes ont des rituels, a souligné Bobby en riant. À l'époque où j'étais avec les Blackhawks de Chicago, je voulais toujours être le troisième de la queue quand l'équipe sortait du vestiaire pour se rendre à la patinoire. Certains des gars mangeaient toujours la même chose avant les matchs. Alors, allons-y pour le rituel des Braves de Bélair. Venez, les garçons!

Il a fait un geste du bras pour inviter les joueurs à s'approcher.

Tous les membres de l'équipe se sont aussitôt rassemblés au centre du vestiaire.

– Thomas, a dit Bobby en se tournant vers moi, tu veux bien entonner le cri de ralliement?

J'ai avalé péniblement ma salive. C'était toujours Bruno qui s'en chargeait. Personne d'autre n'osait le faire. Les Braves ont formé un cercle autour de Bobby. Tout le monde attendait que je commence.

C'est alors que je me suis demandé avec angoisse ce que Bruno me ferait si je scandais le cri de ralliement à sa place. Je l'ai cherché du regard. Il était resté sur le banc avec Damien. Ni l'un ni l'autre n'avait l'air content.

– Venez, vous deux, a dit l'entraîneur. Vous

faites partie de l'équipe aussi.

– Bien sûr, je vais le faire, ai-je déclaré en me redressant légèrement. *Les Braves de Bélair sont les meilleurs. Y a vraiment rien qui leur fait peur!*

Et puis tout le monde s'est écrié :

– Allons-y, les Braves!

On s'est tous frappé les poings et on s'est dirigés vers la patinoire. Le dernier match de la saison était sur le point de commencer. Et on allait le gagner!

# Chapitre 17

Le match a été vraiment serré. Quelques minutes avant la fin de la troisième période, la marque était égale 3 à 3. Mathieu avait dû affronter de nombreux tirs au but. J'ai entendu notre entraîneur dire à Bobby que notre gardien avait vu plus de caoutchouc pendant le match qu'une mouffette écrasée sur l'autoroute. Bobby a ri. J'imagine que ça voulait dire qu'il y avait eu plus de tirs contre Mathieu que contre le gardien de l'équipe adverse. Beaucoup plus. Mais on se défendait quand même très bien.

Et puis l'entraîneur a tapé sur mon casque.

– C'est au tour de ton trio, Thomas. Vas-y à fond!

La porte du banc des joueurs s'est ouverte et je me suis élancé sur la patinoire pour la mise au jeu. J'ai regardé Bruno, qui attendait que l'arbitre laisse tomber la rondelle. On était juste en dehors de la

zone des Marins, et c'était notre dernière chance de marquer.

– Dernière minute de jeu, a annoncé une voix dans le haut-parleur.

J'ai entendu ma mère m'encourager parmi les spectateurs.

– Allez, les Braves! criait-elle en faisant sonner bien fort sa clochette à vache.

La rondelle arrivait vers moi. Je m'en suis

emparé et je me suis dirigé vers le filet. C'était notre chance! Les Braves avaient une occasion de prendre les devants. Bruno patinait à ma gauche. Il était plus proche que moi du filet. Assez proche pour marquer, me suis-je dit. Devrais-je lui faire une passe? Non, il n'arriverait probablement pas à mettre la rondelle dans le but.

C'est alors que je me suis rappelé les paroles de Bobby : « Le succès, c'est plus qu'une affaire de victoire. Les vrais gagnants sont ceux qui font preuve d'esprit sportif. » Alors, j'ai fait une passe à Bruno. Il s'est approché du but en prenant de la vitesse. Il allait marquer, j'en étais sûr. Ce serait son premier but, et on allait gagner le match. Mais il a trébuché, le souffle court.

« Pas maintenant! me suis-je dit. Pas quand il est sur le point de marquer le but gagnant! »

– Lance, Bruno! Lance! ai-je crié.

Il m'a regardé. J'ai vu qu'il n'avait plus assez de force pour réussir son lancer.

– Thomas! a-t-il appelé d'une voix éraillée.

Et Bruno m'a renvoyé le tir. Je n'en croyais pas mes yeux! Je me suis élancé vers le but. Quand j'ai décoché le tir, j'étais tellement proche que je pouvais voir le blanc des yeux du gardien. La rondelle est passée au-dessus de son épaule et est entrée dans le coin supérieur gauche du filet.

But!

La foule était en délire. On aurait dit que le tonnerre grondait dans l'aréna. Je n'avais jamais rien entendu d'aussi agréable!

# Chapitre 18

Après le match, les équipes se sont mises en rang sur les lignes bleues. C'était l'heure de la remise des médailles.

L'équipe perdante reçoit toujours ses médailles en premier. L'entraîneur des Marins de Marionville a prononcé quelques mots sur l'excellent travail de ses joueurs. Il a dit qu'il était fier de leurs efforts. Puis il a passé des médailles d'argent au cou de chacun des membres de l'équipe. J'ai regardé leurs visages pendant que l'entraîneur leur remettait leurs médailles brillantes. Je voyais bien qu'ils étaient contents, mais qu'ils auraient aimé remporter leur dernier match. Des médailles d'argent, c'était bien, mais des médailles d'or auraient été encore mieux.

Notre entraîneur s'est avancé ensuite. Il a commencé par remettre des médailles d'or à tous les membres de l'équipe. Puis il a ajouté :

– Aujourd'hui, nous allons décerner deux trophées. Les récipiendaires de ces trophées ont été choisis par trois juges, qui comptent parmi nos plus fidèles partisans. Ils suivent les progrès des Braves de Bélair depuis le début de la saison. Alors, avant que nous procédions à la remise des trophées, je voudrais les remercier pour leur dévouement et pour le temps qu'ils nous ont consacré.

Puis l'entraîneur s'est mis à applaudir. On a tous tapé sur la glace avec nos bâtons.

L'entraîneur a regardé ses joueurs.

– Pour commencer, a-t-il annoncé, nous allons remettre un trophée au joueur qui nous a été le plus utile. C'est grâce à lui que l'équipe est restée dans la course, car il a effectué une multitude de beaux arrêts. Mathieu, a-t-il ajouté avec un grand sourire en se tournant vers notre gardien, c'est à toi que revient le trophée du joueur le plus utile du match.

Mathieu s'est approché en souriant pour serrer la main de l'entraîneur, et celui-ci lui a remis son trophée.

– Le trophée suivant, a poursuivi l'entraîneur, est nouveau cette année. C'est une récompense qui ressemble au trophée Lady Byng, a-t-il ajouté en se tournant vers nous. Et nous savons tous ce que signifie ce trophée.

Il s'est ensuite tourné vers la foule et a souri à Bob MacMillan.

– Nous allons remettre ce trophée au joueur qui a manifesté le plus d'esprit d'équipe pendant le match d'aujourd'hui. Ce garçon a fait passer le succès de l'équipe avant sa propre gloire.

J'ai regardé un à un tous mes coéquipiers. Je me demandais de qui l'entraîneur voulait parler. Ça pouvait être n'importe lequel d'entre nous. Après le petit exposé de Bobby, tout le monde avait fait un peu plus d'efforts que d'habitude pour jouer en équipe.

– Ce joueur, a poursuivi l'entraîneur, avait une chance de marquer son tout premier but de la saison, mais il a choisi de faire passer l'équipe d'abord. Et c'est grâce à lui qu'on a gagné le match. Le prix qui récompense l'esprit d'équipe va donc à

Bruno.

J'ai regardé Bruno. Il avait l'air surpris, très surpris... l'air de dire « Qui? Moi? »

Il s'est avancé lentement vers l'entraîneur et lui a serré la main.

– Bien joué, Bruno, a dit alors l'entraîneur en lui remettant un trophée doré.

Bruno a regardé son trophée. Il l'a caressé de ses mains, puis il l'a soulevé au-dessus de sa tête. Il avait le visage fendu d'un sourire tellement grand que je pouvais voir qu'il lui manquait deux dents – exactement au même endroit que moi.

Il a regardé Damien et s'est dirigé vers moi avec une expression que je connaissais bien. Qu'est-ce qu'il allait faire? Il n'aurait quand même pas l'audace de me pousser devant tout le monde, n'est-ce pas? Il allait peut-être profiter de l'occasion pour me lancer une dernière méchanceté. Je l'entendais déjà me dire « Regarde ce que J'AI gagné, Thomas-les-Pieds-Plats. » Je retenais mon souffle, m'attendant au pire.

Puis Bruno m'a montré son poing. Oh, non! Il allait me frapper en plein visage, et devant tout le monde à part ça! J'ai fermé les yeux, certain que Damien m'observait. Il devait rire de moi, comme d'habitude.

Il ne s'est rien passé.

J'ai ouvert un œil. Bruno était devant moi, la bouche fendue jusqu'aux oreilles.

Il a levé le poing à la hauteur de sa poitrine, le bras tendu.

Ah, compris! J'ai levé le bras moi aussi et j'ai frappé le poing de Bruno. Et on a souri tous les deux.

C'est donc comme ça que s'est terminée ma première année de hockey. Les Braves de Bélair ont remporté le championnat de leur division, mais j'ai compris surtout que la victoire, ce n'est pas seulement une question de points. C'est surtout une question d'attitude et de travail d'équipe. Je pense que Bruno l'a enfin compris, lui aussi.

# Chapitre 19

Le lundi suivant, à l'école, Mme Martin nous a annoncé qu'on allait faire une nouvelle ronde de « Questions-défis ».

– Ce sera la dernière ronde du mois de mars, a-t-elle dit. L'équipe qui aura le plus de points gagnera des coupons pour la cafétéria. Demain, nous commençons un nouveau mois et une toute nouvelle ronde. Alors, voici la première question, a-t-elle ajouté en fouillant dans son panier pour y piger un bout de papier.

J'ai croisé les doigts des deux mains. J'espérais que ce serait une question facile.

– Vous êtes prêts? ai-je demandé à Aaron et Mathieu.

Ils ont hoché la tête tous les deux. Notre équipe était à égalité avec une autre pour la première place. Il nous fallait un point pour gagner.

– La première question porte sur la nature.

Derrière moi, j'ai entendu Bibiane murmurer à Claire :

— Ça va être facile!

— La question est la suivante : de quelle couleur est la sueur des hippopotames?

— Je le sais, je le sais! a crié Bibiane.

— D'accord, Bibiane, a répondu Mme Martin en souriant, mais on ne crie pas. Alors, de quelle couleur est la sueur des hippopotames?

— Elle n'a pas de couleur, a répondu Bibiane.

— Désolée, mais ce n'est pas ça. Est-ce que quelqu'un d'autre veut essayer de répondre?

Je me suis creusé la tête pour essayer de me rappeler si j'avais déjà lu quelque chose à ce sujet-là.

— Est-ce que vous le savez? ai-je murmuré à mes coéquipiers.

— Non, a dit Aaron. J'aurais dit la même chose que Bibiane.

— Je pense que je le sais, a dit une petite voix au fond de la classe.

Je me suis retourné pour voir qui c'était. C'était Claire. Elle est très intelligente.

— Je pense que la sueur des hippopotames est rouge, a-t-elle dit.

Quelques-uns des élèves se sont mis à rire.

– Tu as parfaitement raison! a dit Mme Martin. On appelle ça de la « sueur de sang ». Ça fait un point pour ton équipe. Eh bien, les enfants, il y a maintenant trois équipes à égalité.

J'ai poussé un gémissement. On devait absolument marquer le point suivant!

– La deuxième question porte sur la littérature, a annoncé Mme Martin. Quel est le nom d'un ours, qui est inspiré de celui de la ville de Winnipeg et qui est le héros d'une série de livres pour enfants?

J'ai réfléchi à tous les livres que j'avais déjà lus sur des ours : Boucle d'Or et les trois ours, Petit Ours Brun, Les Calinours… Mais ça ne pouvait pas être ça. Quel était l'ours dont le nom ressemblait à celui de Winnipeg?

La classe était plongée dans le silence. Je savais que tous les élèves cherchaient la réponse.

– Est-ce que quelqu'un veut risquer une réponse? a demandé Mme Martin.

Comme personne ne répondait, elle a dit :

– L'ours dont le nom est inspiré de celui de Winnipeg, c'est Winnie l'Ourson.

J'ai regardé Mathieu en poussant un énorme soupir. On aurait dû le savoir!

– Et maintenant, voici la dernière question pour aujourd'hui, a poursuivi Mme Martin. Elle porte sur les sports.

Je me suis redressé sur ma chaise et penché vers l'avant pour être bien certain d'entendre la question.

– Comment s'appelle le trophée attribué aux joueurs qui font preuve de courtoisie et d'esprit sportif?

J'ai levé la main en vitesse. Malheureusement, je n'étais pas tout seul… J'ai parcouru la pièce des yeux. Tous les joueurs des Braves avaient la main en l'air. On connaissait tous la réponse, bien sûr. Mais qui Mme Martin allait-elle choisir?

– Voyons voir, a dit notre enseignante en se tapotant le menton. Omar, tu n'as pas répondu depuis un bout de temps. Connais-tu le nom du trophée qui récompense l'esprit sportif?

Zut! Je savais qu'Omar aurait la bonne réponse. Et il était dans l'équipe de Claire. Ce qui voulait dire que son équipe allait gagner par un point.

– C'est le trophée Lady Byng, a-t-il répondu avec un grand sourire.

– C'est exact, a dit Mme Martin en inscrivant le point au tableau.

C'était donc l'équipe de Claire qui remportait la ronde de « Questions-défis » et qui obtenait les coupons gratuits pour la cafétéria. J'ai pensé à tous les nouveaux plats offerts à la caf : les rouleaux végétariens, les muffins aux fruits, le lait frappé au yogourt… Mon estomac s'est mis à gargouiller. J'aurais bien aimé essayer quelques-unes de ces bonnes choses. D'autant plus qu'elles étaient gratuites!

J'ai regardé les membres de l'équipe de Claire. Ils riaient en se tapant dans les mains. J'aurais voulu être à leur place.

Puis, je me suis souvenu d'une phrase que Bobby nous avait dite le jour où il était venu nous rendre visite juste avant notre dernier match. « Le succès, ce n'est pas seulement une question de victoire ou de défaite. »

– Hé, Claire! ai-je lancé.

Elle s'est tournée vers moi.

– Bien joué! Félicitations!

Claire a eu l'air surprise.

– Merci, a-t-elle dit. Je pense que je vais essayer la pizza végétarienne. Il y a une tonne de fromage dessus, a-t-elle ajouté avec un large sourire. Il paraît qu'elle est vraiment grande. Tu en voudras un morceau?

# Un mot sur l'auteure

## Nancy Wilcox Richards

Quand elle était jeune, Nancy ne manquait jamais les matchs de hockey du samedi soir. Toute sa famille se réunissait dans le salon pour encourager les Canadiens de Montréal. Les soirs de semaine, pendant les séries éliminatoires, son père la réveillait pour qu'elle puisse regarder les dernières minutes du match, surtout si l'équipe montréalaise avait des chances de remporter la Coupe Stanley.

À l'école secondaire, Nancy a joué dans une équipe féminine de hockey. Mais elle n'était absolument pas douée. Comme Thomas, elle a oublié d'enlever ses protège-lames à son premier tour sur la glace et elle s'est étalée de tout son long.

Plus tard, quand son fils était jeune, Nancy a passé bien des samedis à l'encourager – les yeux rivés sur la patinoire, bien emmitouflée pour lutter contre le froid – en agitant une clochette à vache chaque fois que son équipe marquait un but.

Nancy Wilcox Richards est l'auteure de *La belle et la brute*. Elle est enseignante à Mahone Bay, en Nouvelle-Écosse.